SONJA MARLIN

DAS GLÜCK IST WIE EIN SCHMETTERLING

GEDICHTE

VERLAG HANSEATISCHE EDITION

Das Glück ist wie ein Schmetterling

Das Glück ist wie ein Schmetterling,
wenn es dich plötzlich findet.
Du weißt nicht recht, woher es kam
und nicht, wohin's entschwindet.

Striptease I

Der Baum im Herbst - ei, sieh mal an! -
- da zieht er über Nacht
sein allerschönstes Kleid sich an,
bevor er Striptease macht.

Da stellt sich doch die Frage glatt:
wo liegt hier nur der Sinn?
Denn wenn er sich entblättert hat,
ist doch die Stimmung hin ...

Striptease II

Ratet mal, was denkt die Raupe
bei dem Anblick einer Made?
Na, sie denkt, ich würd' mich auch gern
ausziehn, doch das geht nicht. Schade.

Aufgeklärte Ferkelei

Ein Schmetterling setzt sich genau
aufs Hinterteil von einer Sau.

Ein Ferkel, gerade aufgeklärt,
ruft laut, so daß es jeder hört:

"Der Falter liebt Mama, wie fein,
jetzt kriegen wir ein Schmetterschwein!"

Verführt

Er hat mich so süß angeguckt,
mit seinem Blick berührt.
Ich habe einmal kurz geschluckt,
da hat er mich verführt.

Vielleicht war ich es auch, wer weiß.
Was spielt das für 'ne Rolle.
Halb zog ich ihn, halb sank er hin.
Das war ja grad das Tolle.

Für die Katz

"Ich lieb' dich," sagt die Maus zur Katze.
Die Katze ist total verdutzt.
Und die Sekunde der Verblüffung
hat uns're Maus zur Flucht benutzt.
"Ging noch mal gut", das Mäuschen hechelt.
Die Katze schnurrt frivol und lächelt.

Gemein

Ruf endlich an,
damit ich dir sagen kann,
ich habe keine Zeit für dich!

Morgenstund

Ich setz das Kaffeewasser auf.
Du trödelst noch im Bad.
Ich mach Gymnastik, räume auf.
Du liest das Morgenblatt.

Wir sprechen nicht, sehn uns nicht an,
doch schuld daran ist keiner.
Weil du in deiner Wohnung bist,
und ich, ich bin in meiner.

Noch schlimmer

Und wenn du denkst, ich liebe dich,
dann sage ich: Na klar!
Und wenn du denkst, ich brauche dich,
dann ist das einfach wahr.

Doch wenn du meinst, das bliebe so,
für alle Zeit und immer,
dann muß ich dir gestehn, mein Schatz:
Ich glaub, es wird noch schlimmer.

Rollentausch

Na und, was ist dabei, wenn ich
von einem Flirt zum andern spring?
Ich will nicht immer Blume sein,
jetzt bin ich mal der Schmetterling!

Hoffnungsschimmer

Ach, wäre ich ein Schmetterling,
so schillernd bunt und schön,
dann würden alle Blumen
die Köpfe nach mir drehn.

Ich flatterte vergnügt umher,
bewundert und begehrt,
und fühlte einen Sommer lang
mich gänzlich unbeschwert.

Warum bin ich kein Schmetterling,
es wär so schön – jedoch ...
ein Hoffnungsschimmer bleibt: Vielleicht
entpupp' ich mich ja noch.

Flatterhaft

Flachst die Blüte mit dem Falter:
"Du bist ganz schön flattrig, Alter!"
Darauf meint der Falter trocken:
"Warum nur auf einer hocken,
wo so viele auf mich warten,
und nicht nur in diesem Garten!"
Brütet sie mit finstrer Miene:
"Ich betrüg ihn mit 'ner Biene!"

Der Morgen danach

Wer mit den Hühnern schlafen geht,
wacht nicht mit einem Kater auf!

Falters Neigung

Einst hatte sich die Rose
zur Distel gern gesellt
und damit ihre Schönheit
so recht zur Schau gestellt.

Sie blickte auf die Distel
mit Hochmut und voll Stolz.
Die Distel blieb gelassen
und sagte sich "was soll's".

Da kam ein junger Falter.
Beschwingt und elegant,
so flog er auf die Distel,
die er wohl netter fand.

Die Rose war beleidigt
und hat sich konsequent
sofort von diesem Unkraut
für alle Zeit getrennt.

Des Schmetterlings Entscheidung
ist ihr bis heut nicht klar:
Er tat es doch nur, weil er
ein Distelfalter war.

Will-Kür

Du kannst mich verlassen, wann du willst.
Ich werd' dich vergessen, wann ich will.

Grüße

Ganz liebe Grüße schick ich dir,
hübsch eingewickelt in Papier,
mit Schleifchen drum. Heut gehn sie raus.
Pack sie am Heil'gen Abend aus.

Häng sie von mir aus an die Tanne.
Nimm sie mit in die Badewanne.
Verdopple sie beim Weine ...
Egal - es sind ja deine.

Liebesmüh

Dann war da noch der Schmetterling,
der fühlte sich erschöpft,
denn seine Lieblingsblume war
so schrecklich zugeknöpft.

Sie öffnete die Knospe nur
zu einem kleinen Spalt.
Der Schmetterling becircte sie,
doch sie blieb völlig kalt.

Und eines Tages sagte sich
der Falter: "So, es reicht!" -
Da denkt man immer, Schmetterlinge
hätten es so leicht ...

Unvereinbar

Man kann nun mal nicht alles haben,
nur: Wer sieht das schon ein?
Die meisten woll'n verheiratet
und trotzdem glücklich sein.

Wie der Frosch froh wurde

Der Frosch, er quakt nicht mehr, er träumt
von einem bess'ren Leben.
Wenn ihn doch jemand küssen tät,
was würde er drum geben ...

Verwandeln könne er sich gar,
das hatte er gelesen.
Da sieht er einen Schmetterling:
"Bist du ein Frosch gewesen?",

so fragt er ihn ganz aufgeregt,
"ich wäre gern so schön wie du.
Sag, hat dich irgendwer geküßt?"
Der Schmetterling hört ruhig zu.

"Ich war 'ne Raupe", sagt er dann,
"mit einem fetten Bauch.
Mich hat der liebe Gott geküßt.
Dich küßt er sicher auch."

Der Frosch denkt nach und fragt ihn bang:
"Hat das auch keinen Haken?"
"Nein, sei von ganzem Herzen Frosch!"
Da fängt er an zu quaken.

Blume, realistisch

Mir ist schon klar: Als Schmetterling
liebst du nie eine nur allein.
Ich möchte ja auch weiter nichts
als deine Lieblingsblume sein.

Bruchstelle

Ich wache auf und liebe dich.
Ich geh ins Bett und liebe dich.
Den ganzen Tag so im Büro,
da liebe ich dich sowieso.
Und selbst im Schlaf bei mir zu Hause
macht meine Liebe keine Pause.
Doch nun hast du von "ihr" gesprochen.
Jetzt ist die Liebe unterbrochen.

Kopf hoch

Wer stets den Blick zu Boden senkt,
bekommt vom Himmel nichts geschenkt.

Kopf runter

Wer tiefer blickt, kommt zu dem Schluß,
daß man sich manchmal bücken muß.

Liebesglück

Ich bin verliebt. - Ein Schmetterling,
bleibt einen Augenblick bei mir.
Ich muß es jemandem erzählen.
Mein Schmetterling, warum nicht dir?

Sag's weiter, kleiner Schmetterling.
Erzähl's der Sonne und dem Wind
und flüster' es den Blumen zu,
daß alle mit mir glücklich sind.

Und wenn du eine Wolke triffst,
die drohend schwarz am Himmel zieht,
dann lenke sie ein wenig ab,
damit sie mich erst gar nicht sieht.

Nun flieg davon, mein Schmetterling.
Ich schau dir nach, solang ich kann.
Und halte, wenn es irgend geht,
für mich die Welt ein Weilchen an.

Cooler Single

Dem Schneemann eine Frau zu bau'n,
hat wirklich keinen Sinn.
Wenn er sie sähe - ist doch klar -
dann schmölze er dahin.

Er wäre ja in dieser Form
zu ganz und gar nichts nütze.
Denn welche tolle Schneemannsfrau
träumt schon von einer Pfütze.

Da war doch noch was ...

Manchmal muß man sich vergessen,
um sich wieder zu erinnern.

Die Manege ruft

Ich wäre furchtbar gern ein Clown.
Dann könnte ich mal um mich hau'n.
Ich fiele - beinah von alleine -
nach allen Stürzen auf die Beine.

Ich hätte einen großen Mund
und sagte zu der Welt "na und?"
Wär das nicht toll? Da fällt mir ein:
Was hindert mich, ein Clown zu sein?

Was sonst?

Gemütlich sitz ich vorm TV,
so richtig froh, weil unbemannt.
Denn wär da wer, weiß ich genau:
Er hätt' die Fernbedienung in der Hand.

Auf und davon

Es setzte sich ein Schmetterling
auf meine Hand. Er war wie du.
So zärtlich, und er tat grad so,
als höre er mir wirklich zu.

Er blieb nicht lang, denn irgendwas
ließ ihm anscheinend keine Ruh.
Kaum war er weg, da hatte er
mich schon vergessen. So wie du.

Gehen und kommen

Lieber mal zu weit gehen
als immer zu kurz kommen.

Hurra: Pech gehabt!

Des Pessimisten Eifer,
der imponiert mir unerhört.
Wie täglich er aufs Neue
sein Pech versucht: Bewundernswert!

Mein Wille geschehe

Dauernd muß ich von dir träumen,
aber du bemerkst es nicht.
Dabei denk ich laut und deutlich
immer nur, “ich liebe dich”.

Leider weiß ich überhaupt nicht,
was du fühlst. Du bist so still.
Ich träum' weiter, denn ich kann ja
schließlich lieben, wen ich will.

Umverteilung

Ich möchte all die Liebesbriefe,
die ich in meinem Leben schrieb,
noch einmal lesen, um zu wissen,
wo meine ganze Liebe blieb.

Könnt ich noch einmal still verweilen
bei jedem Mann, das wär nicht schlecht,
und meine Liebe neu verteilen.
Ich war nicht immer sehr gerecht.

Himmel auf Erden

Ich warte auf den Märchenprinz,
und wenn ich hundert werde.
Der Himmel, er gehört für mich
ein bißchen auf die Erde.

Ich bin nicht etwa wählerisch,
nur - klingt es auch banal -
ein richtig himmlisches Gefühl,
das brauche ich nun mal.

Paradox

Du liebst mich nicht, das find ich toll.
Ich sage das ganz ohne Groll.
Denn tätest du's, hab ich erkannt:
Ich fänd dich nicht so interessant.

Liebesbeben

Noch eine halbe Stunde,
bis wir zusammen sind.
Die Bahn, in der ich sitze,
hat plötzlich Rückenwind.

Ich steige aus. Der Bahnsteig,
er federt unter mir.
Ich werde immer leichter
auf meinem Weg zu dir.

Die ganze Straße lächelt.
Sie weiß, wie's um mich steht.
Von unsichtbaren Mächten
werd' ich zu dir geweht.

Das Glück hielt ein paar Wochen,
dann drehte sich der Wind.
Wie launisch doch zuweilen
Naturgewalten sind.

Auf Bahnsteige, die federn,
und tun sie's noch so sehr,
und Straßen, die da lächeln,
verlaß ich mich nicht mehr.

Hier und jetzt

Sorg dich nicht um Vergangenes,
sieh nur das Heute, licht und klar.
Was kümmert es den Schmetterling,
daß er mal eine Raupe war.

Schlaumeier

Die Störche wundern sich gar sehr:
"Wo kommen bloß die Babies her,
ganz ohne unser Tun?"

Da lacht ein Spatz die Störche aus:
"Sie schlüpfen aus dem Ei heraus,
das weiß doch jedes Huhn!"

Zeit-Bezüge

Die Eintagsfliege setzte sich,
ganz ohne viele Worte,
weil da ein Fenster offenstand,
direkt auf eine Torte.

Ins Zimmer kam ein Kind gestürzt
mit gräßlichem Geschrei:
"Auf der Geburtstagstorte sitzt
'ne Fliege, so 'ne Schweinerei."

Die Fliege - Torten kannte sie -
floh ganz verschreckt ins Gras.
Und dachte ständig, bis sie starb:
"Geburtstag - was ist das?"

Warten lohnt sich

Das Glück läßt sich nicht zwingen,
es kommt von ganz allein.
Du mußt dabei nichts weiter
als nur du selber sein.

Wie macht es denn die Rose?
Sie blüht mit Freude auf,
und unerwartet setzt sich
ein Schmetterling darauf.

Kein Witz

Wie macht man das? Ach, wüßt ich's doch!
Ich kann mich drehen, kann mich winden,
mein Hirn zermartern noch und noch:
Ich möchte einen Witz erfinden.

Man muß wahrscheinlich rückwärts denken,
zuerst der Schluß! Mir fällt nichts ein.
Die Witze produzieren können,
was müssen das für Menschen sein?

Es ist doch eine Schinderei,
bevor ein guter Witz geboren.
Ich hätte ganz bestimmt dabei
schon lange den Humor verloren.

Soll'n andere die Witze machen
und sich dabei ihr Hirn verrenken.
Ich muß mich weiterhin aufs Lachen
- so traurig es auch ist - beschränken.

Warum nur, warum?

Schmetterlinge oder Kletten,
so sind Männer meist. - Unmöglich!
Warum sind sie nicht wie Frauen:
Beständig und trotzdem beweglich?

Zahlenspiele

Alleine sein ist eine Qual.
Du bist mir nämlich nicht egal.
Ich überleg zum xten Mal,
ob ich dir schreib. Es ist fatal.
Wahrscheinlich bin ich nicht normal,
starr vor mich hin (mein Bier wird schal)
und spiel mit deiner Postleitzahl.

Fliegender Wechsel

Ich denk nicht mehr an ihn, nur noch an dich
Schluß mit der Traurigkeit! Die Sonne lacht.
Wer denkt im Frühling an den Herbst?
Ist mir egal, was der jetzt macht!

Der Koffer bleibt zu

Wenn ein Gefühl auf Reisen geht,
erwartungsvoll am Bahnhof steht
mit einem Koffer in der Hand,
der vollgestopft ist mit Verstand,

dann wird es keine Panne geben,
doch wird es auch nicht viel erleben.
Es sei denn, es beschließt im Nu:
Der Koffer bleibt im Urlaub zu!

Karriere eines Witzes

Es war einmal ein kleiner Witz,
der niemand sehr zum Lachen brachte.
Er schlug nicht ein so wie ein Blitz,
was ihn natürlich traurig machte.

Er wanderte von Mund zu Mund.
Nachdem manch Witzbold ihn gequält,
zog er für sich den Schluß: "Na und?
Ich werde eben schlecht erzählt."

Er ging in eine andre Stadt,
wo man ihn plötzlich komisch fand.
Was nur daran gelegen hat:
Dort war er noch nicht so bekannt.

Ohne dich

Es ging mir ohne dich ganz gut.
Kam mit der Welt und mir zurecht.
Doch seit wir uns begegnet sind,
da geht's mir ohne dich ganz schlecht.

Krankenbesuch

Du redest, redest ... stundenlang ...
Erzählst mir all dein Leid.
Ich höre zu, denn ich bin krank.
Und Kranke haben Zeit.

Ich leide mit. Ich guck gequält
und denk allmählich nur:
Ich hätte auch gern was erzählt.
Da schaust du auf die Uhr.

Ich faß mich kurz, voll Dankbarkeit,
weil du den Weg zu mir gefunden
und staune: Welch Gerechtigkeit,
daß sie so krank sind, die Gesunden.

Alle Tage ist ein Sonntag

Beneidenswert, der Schmetterling,
wie er die Welt um sich vergißt.
Man könnte meinen, daß er glaubt,
daß alle Tage Sonntag ist.

Nie käme er auf die Idee,
dem "grauen Alltag" zu entfliehn.
Sind sie doch ganz genau so bunt,
die Blumen, die am Montag blühn.

Einsicht

Ach, könnte ich ihn an mich pressen ...
ich würde wohl vor Glück vergehn.
Ich tu es nicht. Der Schmetterling,
er würd' es sicher falsch verstehn.

Luftpost

In Gedanken schreib ich Briefe,
und die fliegen hin zu dir.
Und ich schreibe und ich schreibe –
ohne Feder und Papier.

Und du mußt sie alle lesen,
denn sie kommen alle an.
Deine Antwort: Deine Liebe,
die ich deutlich spüren kann.

Ein Kuß, und dann ...

Flieg her zu mir, mein Schmetterling,
will einen Kuß von dir ergattern.
Dafür verspreche ich dir auch:
Danach darfst du gleich weiterflattern.

Gefühle

Wohin du auch gehst,
meine Gefühle für dich sind schon da.

Einblick

Laß mich dein Gummibärchen sein,
so klebrig-süß und niedlich-klein.
Ich ließe mich - das soll was heißen -
bis zur Unkenntlichkeit zerbeißen.

Und würdest du mich runterschlucken,
so könnt' ich in dein Inn'res gucken.
Ich würde dann, so denk ich mir,
vielleicht mal endlich schlau aus dir.

Reines Vergnügen

Der Single ist gar sehr vergnügt,
weil keiner da, der ihn betrügt.

Lockruf

Ich fühle mich gerade so
wie eine Palme ohne Blatt.
Nein, schlimmer: Wie ein Schmetterling,
der nur noch einen Flügel hat.
Wie eine Sonne ohne Licht,
ein Stern, der nicht mehr strahlen kann.
Wenn du nicht willst, daß ich erlösch,
dann ruf mich bitte heute an.

Jede Menge Falter

Im nächsten Leben wünsche ich
mir dich als Strauch im Garten.
Ich werde dann ein Schmetterling
und laß dich immer warten.

Dann weißt du mal, wie das so ist.
Oh je, da fällt mir ein:
Wie ich dich kenne, werd ich nicht
dein einz'ger Falter sein.

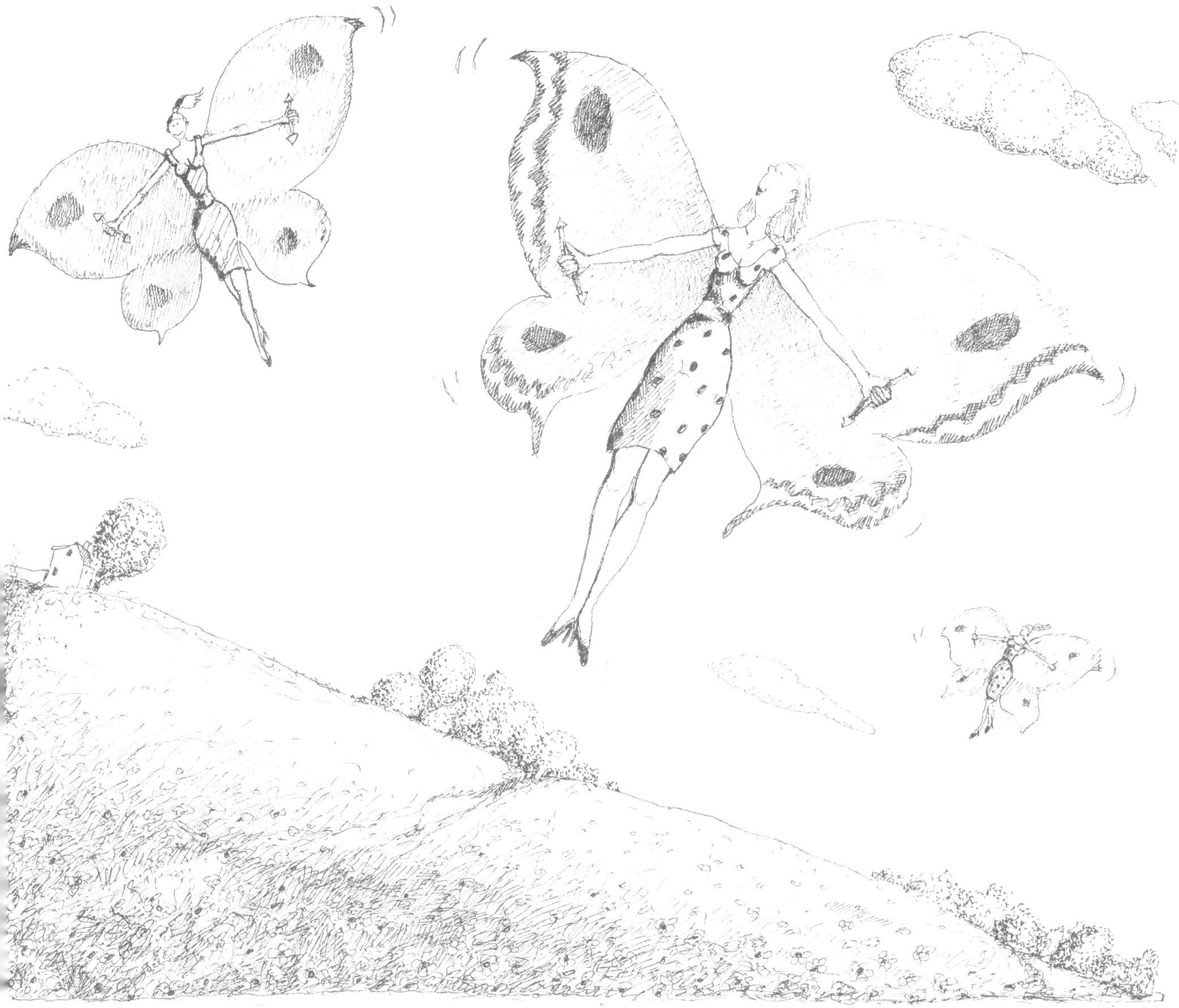

Rindvieh

Soll ich dir sagen,
was ich geträumt hab in der letzten Nacht?
Wir beide lagen
auf einer Wiese. Und das hat richtig Spaß gemacht.
Da kam der Bauer,
und fuchtelte wie wild mit seinem Spaten.
Er war wohl sauer,
weil wir die Kuh nicht um Erlaubnis baten.

Woher das Pech kommt

Der Mensch ist seines Glückes Schmied,
was er, wenn's gut geht, auch so sieht.
Sein Unglück und sein Pech hingegen,
das schmieden Partner, Chefs, Kollegen.

Der Fisch und der Schmetterling

Der Schmetterling fragt einen Fisch:
"Warum bist du so naß?"
Der Fisch erwidert konsterniert:
"Im Wasser wird man das."

Dann fragt der Fisch den Schmetterling:
"Warum bist du so bunt?"
Der Schmetterling: "Die Sonne macht's,
denn die ist sehr gesund."

Der Hering glotzt dem Falter nach,
bevor er weiterschwimmt.
Dann steigt er plötzlich aus dem Bach:
"Mal sehen, ob das stimmt!"

Wenn ich du wär

Eines kann ich nicht verstehen.
Wie, so frage ich mich täglich,
kannst du ohne mich nur leben.
Ich könnt's nicht. Nein, ganz unmöglich.

Ich, ich würde mich echt brauchen,
wenn ich du wär, meine ich.
Doch du mußt es selbst erkennen.
Helfen läßt du dir ja nich'.

Traumziel?

So wie die Affen auf den Bäumen
im Urwald nicht vom Tierpark träumen,
kommt mancher auch nicht in die Nähe
von einem Traum mit Namen Ehe.

Tatendrang

Darf ich dir eine Freude machen?
Ich tu es gern.
Ich bring dich, wenn du willst, zum Lachen.
Ich schenk dir einen Stern.

Ich laß für dich die Sonne scheinen.
Ich rupfe dir ein Huhn.
Ich crem' dich ein
an beiden Beinen
laß mich doch etwas für dich tun!

Dunkle Begegnung

Der Maulwurf sagt: "Ich fühle was,
das kenne ich noch nicht."
Das Maulwurfweibchen dreht sich um:
"Das war nur mein Gesicht."

Die Rose von dir

Die Rose ist so wunderschön.
Ich stell sie in die Vase.
Sie ist von dir. Drum küß ich sie,
berühr sie mit der Nase.

Ich nehm sie mit in jeden Raum,
damit sie mir ganz nah ist
und wache nachts andauernd auf
und guck, ob sie noch da ist.

Dichtung und Wahrheit

Bitte, sag mir etwas Nettes!
Sag es schnell, ich brauch das so!
Irgendwas, es muß nicht stimmen,
Hauptsache, es macht mich froh.

Eine hübsche kleine Lüge
fällt dir wohl für mich noch ein.
Nur: Ein klitzekleines bißchen
Wahrheit muß darin schon sein.

Erfreuliche Aussicht

"Mami," sagt das Kind vom Schwein,
"Mami, kann es möglich sein,
daß von dir ein jedes Kind,
daß wir alle Ferkel sind?"

"Ja", sagt Mami, "doch dafür
wirst du später, glaube mir -
darauf kannst du dich schon freu'n -
mal ein richtig großes Schwein!"

Kleidungssorgen

Es traf einmal ein Pinguin
am FKK-Strand eine Qualle.
"Du solltest deinen Frack ausziehn,"
sagt sie zu ihm, "das tun hier alle!"

Sie läuft ihm schelmisch hinterher.
Auf einmal ruft der Pinguin:
"Hier ist kein FKK-Strand mehr,
du solltest dir was überziehn!"

Die Qualle kratzt sich hinterm Ohr
wie ein verleg'ner Teenie.
Man stelle sich das nur mal vor:
'ne Qualle im Bikini!

14

Wer weiß?

Das Leben ist nur Übergang,
drum nimm es nicht so schwer.
Die Raupe denkt wahrscheinlich auch,
danach, da kommt nichts mehr.

Dann flattert sie als Schmetterling
hoch vor des Himmels Blau ...
Nur, ob du später Flügel hast,
das weiß ich nicht genau.

Spielraum

Das Glück kommt ganz bestimmt zu dir,
wenn du ihm etwas Spielraum läßt.
Die Blume hält den Schmetterling,
den sie so liebt, ja auch nicht fest.

Der Winter und der Schmetterling

Du lebtest wie ein Schmetterling
nach deiner Trennung, unbeschwert
und glaubtest, ohne Bindung sei
dein Leben endlich lebenswert.

Nahmst nur die schönen Stunden wahr
und hast dabei doch übersehn:
Im Gegensatz zum Schmetterling
mußt du den Winter überstehn.

Verspielte Note

Als Gott die Welt erschaffen hatte,
da nahm er sich ein wenig Zeit
und fand, es fehle auf der Erde
noch etwas Charme und Heiterkeit.

Es müßte etwas Leichtes sein,
verspielt und voller Farbenpracht ...
Und so hat er, zu guter Letzt,
den Schmetterling erdacht.

Sonja Marlin

wurde 1942 in Magdeburg geboren und ist in Schleswig-Holstein aufgewachsen. Sie hat einen erwachsenen Sohn und lebt in Hamburg. Seit 1959 schreibt sie Gedichte.

HANSEATISCHE EDITION GMBH
Mühlenkamp 31
22303 Hamburg
Telefon: 040/279 10 05

Illustrationen
Christian Wülfken

ISBN 3-921 554-76-4

Sonja Marlin
MIT ZÄRTLICHER GEWALT
Gedichte

Liebe ist...
...etwas zwischen Frau und Mann, das man nicht verhindern kann.

ISBN 3-921 554-72-1
DM 16,80

Sonja Marlin
LIEBER GOTT, DU ALTER SCHLINGEL
Gedichte

Gedichte über Gott,
die Welt, die Menschen und die Verzwicktheit ihrer Gefühle.

ISBN 3-921 554-74-8
DM 16,80

Sonja Marlin
MÄRCHENPRINZ UND GUMMIBÄR
Gedichte

Verse über Höhen
und Tiefen der Mann-Frau-Beziehung zum Erheitern und Wiederaufrichten.

ISBN 3-921 554-70-5
DM 16,80

Sonja Marlin
DAS GLÜCK IST WIE EIN SCHMETTERLING
Gedichte

Glück und Schmerz, Lachen und Weinen – Gefühle sind wie Schmetterlinge.

Ein Muß für jeden Sonja Marlin Freund.

ISBN 3-921 554-76-4
DM 16,80

HANSEATISCHE EDITION GMBH, Mühlenkamp 31, 22303 Hamburg, 040/279 10 05

Ingrid Schade
SCHMETTERLINGE IM BAUCH
Gedanken – Texte – Gedichte

Worte einer jungen Frau zur Erfrischung der Seele und Belebung der Gedanken, Gefühle, Hoffnungen.

ISBN 3-921 554-71-3
DM 16,80

Lutz Ackerman (Hrsg
WARMER REGEN AU
NER HAUT
Liebesgedichte aus d
2-Sendung
„Sweet, Soft and Lazy

Keine Spur von zeitge
Nüchternheit: Liebe –
und Hölle, süß und bi
wunderbar, verrückt.

ISBN 3-921 554-53-5
DM 16,80

Bernd Schröder
... WER TRÄUMT LEBT, LEBT NOCH ...
Texte zum Anfassen

Lyrische Texte müssen nichts sein was weit entfernt ist, entrückt – sondern offene Worte, verständliche Poesie zu Empfindungen in uns.

ISBN 3-921 554-39-X
DM 16,80

Bernd Schröder
SPÜREN, DASS ES UNS GIBT!
Gedanken – Texte – (

Texte zu ewig alten
und immer neuen Ge
Zärtlichkeit und Liebe
Schmerz und Trennu

ISBN 3-921 554-73-X
DM 16,80

Nick Barkow
IM MÄRCHENREICH DER KATZEN
Fabeln, Märchen und Legenden von Katzen aus allen Ländern und allen Zeiten.

In der Literatur der Welt sind die Geschichten von Katzen äußerst rar. Hier sind alle gesammelt. Willkommen im Land von Tausend und einer Katz.

ISBN 3-921 554-75-6
DM 19,80

HANSEATISCHE EDITION GMBH, Mühlenkamp 31, 22303 Hamburg, 040/279 10 05